Sauschwob

Sauschwob

Badische Witzle
über die geliebte Nachbarn

Mit Zeichnungen von Björn Locke

Silberburg-Verlag

2. Auflage 2013

Gestaltung und Satz: Björn Locke, Nürtingen.
Druck: CPI books, Leck.
Printed in Germany.

ISBN 978-3-8425-1283-2

Inhalt

Vorwort 6

Die Badner un die »Sauschwobe« 9

Wie d'Schwobe halt so sinn 23

De Schwob un de Geiz 47

De Schwob un die leibliche Genüsse 71

Kurz un gut 87

Vorwort

Über Baden lacht die Sonne, über Schwaben die ganze Welt« – für den Badener wäre damit das Wesentliche über seinen Nachbarn und Lieblingsfeind, den Schwaben, eigentlich schon gesagt. Aber wenn's um den »Sauschwob« geht, kommt der gemeinhin eher gemütliche, maulfaule Badener ins Bruddle, dass »d'Labb wackelt« – damit ja keiner auf den Gedanken kommt, dass zusammengehört, was aus badischer Sicht nicht zusammengehören darf. Wer will sich schon gemein machen mit einem, dem die Kehrwoche über alles geht? Der sich mit zwei einfachen Sätzen charakterisieren lässt: »Schaffe, schaffe, Häusle baue« und »Mir gäbet nix«?

»Schwobe schaffe, Badener denke«, weiß der Badener. Und so denkt er sich unter anderem einen ganzen Haufen Witze über den hassgeliebten Nachbarn aus, die in diesem Büchlein zusammengetragen sind: Direkt aus dem Leben gegriffen, natürlich immer schön überspitzt und übertrieben, führen diese mal boshaften, mal liebevollen »Witzle« über den »Sauschwob« dem Leser die schwäbischen Schrullen vor Augen. Ein Feuerwerk des Spottes, der vielleicht sogar manchem »Schwob« einen Lacher abringen kann.

Die gesammelten Witze sind allesamt seit vielen Jahren oder Jahrzehnten Bestandteil der baden-württembergischen Sprachkultur. Es wird mit dem vorliegenden Buch nicht der Anspruch erhoben, »neue« Witze zu erfinden! Es wurde dem Volk »uffs Maul g'schaut« und aus verschiedenen Quellen wurden die lustigsten, interessantesten und charakteristischsten Witze über Schwaben zusammengetragen.

Wir wünschen Ihnen eine lustige und kurzweilige Lektüre! Und wenn Ihnen die Witze gefallen – einfach weitererzählen!

Die Badner un die »Sauschwobe«

Die Badner un die »Sauschwobe«

Wie sinn denn überhaupt die Schwobe entstande? De liebe Gott isch uff de Feldberg g'sesse, hat uff de Rhein geguckt un die Badner g'schnitzt. Jedes Exemplar, des nix g'worre isch, hat er hinner sich g'schmisse.

Was macht en Badner, wenn er sei Haar' verliert? Er kauft sich e Toupet.

Was macht de Schwob in dere Situation? Er verkauft Kamm un Bürst!

E Kuh war über d'Grenz von Bade ins Schwäbische g'laufe. Ganz uffgregt isch de Bauernsohn zu sei'm Vadder grennt: »Babbe, do isch a Kuah vom Badische zu ons rüberkomme. Was soll i dua?«

De Vadder antwortet: »Ha, melka, Bua, melka!«

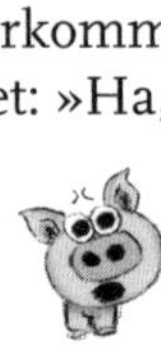

En Schwob macht Urlaub in Afrika. Er kommt an em Strand vorbei, wo en Kannibale menschliches Hirn a'preist. De Schwob will wisse, wozu des gut sei soll, un de Kannibale erklärt: »Wenn man menschliches Hirn isst, wird das eigene Hirn leistungsfähiger!«

De Schwob lest des Verkaufsschild an de Kühlthek: »Badenerhirn 100 Dollar je Kilo – Bayernhirn 300 Dollar je Kilo – Schwabenhirn 500 Dollar je Kilo.«

De Schwob werd ganz stolz, dass ausgerechnet des schwäbische Hirn de höchschte Preis erzielt. Uff sei Frag', warum des so isch, erklärt de Kannibale: »Weil wir sehr viel mehr Schwaben erlegen müssen, um ein Kilo Hirn zusammenzukriegen.«

En Badner steht uff de Rheinbrück un sieht en Mann des Flusswasser trinke. Er brüllt sofort: »Heh! Bisch du verrückt? Des Wasser kannsch doch net saufe! Desch isch doch gifdig un dreckig!«

De Mann am Ufer schreit zrück: »Hä, was hosch gsait?«

Do ruft de Badener: »Langsam trinke! Des Wasser isch kalt!«

En Badner un en Schwob treffe sich. Do sagt de Schwob: »Du, i hab mit deiner Frau g'schlofa. Send mir jetzt verwandt?«

Do antwortet de Badner: »Noi, verwandt grad net, abber quitt.«

Die Badner un die »Sauschwobe«

Was sollt en Badner von ei'm Schwob halte?
Abstand!

Was isch de Unnerschied zwische Schwobe un Badnern? Schwobe schaffe, Badner denke!

In ei'm Offenburger Lokal sucht en Badner in de überfüllte Gaschtstub' en freie Platz. An em Zwaiertisch im hinterschte Eck entdeckt er e einzelne Person – offesichtlich isch des en Schwob.

»Gute Dag«, sagt de Badner fröhlich.

De Schwob würdigt ihn mit keinem Blick.

»Isch de Platz nebbe Ihne noch frei?«

De Schwob schweigt un futtert genüsslich weiter.

De Badener setzt sich nebbe ihn un wünscht: »Gude Appetit!«.

Widder kommt keinerlei Reaktion.

E Dame mit einere Sammelbüchs kommt in de Raum, tippt dem Badner uff d'Schulder: »Wir sammeln für die Caritas«. Sofort greift er zum Geldbeudel un spendet fünf Euro. Daraufhin streckt die Frau dem Schwob die Büchs entgege.

Der hebt jetzt zum erschte Mol des Haupt vom Deller, zeigt uff de Badner un sagt: »Mir g'heret zamma!«

Die Badner un die »Sauschwobe«

Warum fahrt en Schwob nur zwai Mol im Jahr ins Badische? Des erschte Mol an Fasnet, um Gutsle uffzuhebe, dss zwaite Mol an Weihnachte, wenn's Gschenke gibt.

En Badner vom Bodesee schreibt en Leserbrief an e badische Zeitung: »Als Anwohner des Bodensees ärgern wir uns natürlich auch jedes Wochenende über die Schwabenlawine, die auf uns zurollt. Aber wir haben inzwischen eine Lösung gefunden: Wir laden die Schwaben zum Wasserballspielen ein: Die Schwaben bekommen die blauen Käppis und die Krokodile die roten.«

Schwobe sin jo recht nette Leut. Ich find, jeder Badner sollt sich einer halte dürfe!

Was isch für en Badner de Unnerschied zwische ei'm Uglück un einere Katastroph?

Uglück isch, wenn e Boot voller Schwobe unnergeht. E Katastroph isch's, wenn die Schwobe schwimme könne!

Die Badner un die »Sauschwobe«

Wo isch die Grenz zwische Genie un Wahnsinn? Irgendwo bei Pforzheim!

Im Zug von Karlsruh' nach Stuttgart sitze en Schwob, en Badner, e jungs Mädel un ihre Mudder beienanner. De Zug fahrt in en Tunnel nei. Es wird dunkel un ma hört e lauts Schmatze un e noch lauteres Klatsche. De Zug verlasst de Tunnel widder, un es wird hell. Ma sieht de Schwob, der sich d'gerötete Wang reibt.

Die Mudder denkt: »Jetzt hat sich der Sauschwob an mei Dochter ramache wolle, un die hat ihm glei eine g'langt. Recht so!«

Die Dochter denkt: »Wahrscheinlich hat der mich küsse wolle, hat aber d'Mama verwischt.«

De Schwob denkt: »Der verdammte Badener. Er küsst des Mädle und ich krieg eine g'schosse!«

De Badner denkt: »Ha, des hat jo super geklappt! Im nächschde Tunnel küss ich mir wieder d'Hand un dann hau ich dem Sauschwob wieder eine uffs Maul, dass es kläppert!«

Ob ich ebbes gege Schwobe hab? Nai, ich hab nix gegen d'Schwobe – zumindescht nix, was hilft!

Die Badner un die »Sauschwobe«

En Badner steht vor Gericht, weil er zwai Schwobe überfahre hat.

Richter: »Angeklagter, sagen Sie die Wahrheit!«

Badener: »Die Stroß war vereist, mei Wage isch ins Schleudern komme.«

Richter: »Es ist Juli, Sie sollen die Wahrheit sagen!«

Badener: »Es hat g'regnet un Laub war uff de Stroß.«

Richter: »Seit Tagen scheint die Sonne! Zum letzten Mal: die Wahrheit!«

Badener: »Alla gut, d'Sonn hat g'schiene, scho von Weitem hab ich die zwai Schwobeseggel g'sehe, hasserfüllt hab ich uff se druffg'halte.

De eine isch durch d'Frontscheib, de annere isch in en Hauseigang g'floge. Ich bereu nix!«

Richter: »Na warum denn nicht gleich so? Den einen verklagen wir wegen Sachbeschädigung, den anderen wegen Hausfriedensbruch!«

Was isch des Einzige, was Bade un Württemberg verbindet? – De Bindestrich!

Mit ei'm Schwob kann en Badner zwai Mol in ei un dieselbe Kneip gehe: eimol um sich zu blamieren, eimol um sich zu entschuldige.

Die Badner un die »Sauschwobe«

Über Baden lacht die Sonne, über Schwaben die ganze Welt.

En Badner un en Schwob komme bei einem Verkehrsufall ums Lebe un werde von einem schwäbische Professor, der sich scho immer für de Unnerschied zwische diese Landsleut interessiert hat, seziert.

Zuerscht sägt er die Schädeldeck des Badners uff, schaut nei un meint, dass des alles sehr verworre aussehe dät, wege de viele Gehirnwindunge.

Dann gibt's des gleiche Prozedere beim Schwob. Außer einem querlaufende Draht sieht ma nix im Schädel, un er sagt: »Toll, so sind wir Schwaben, wofür der Badener tausende von Gehirnwindungen braucht, das erledigen wir mit einem einzigen Draht.«

Des schaut er sich natürlich genauer an – un schneidet de Draht durch.

Do druff falle dem Schwob die Ohre ab.

Was isch des Schönschte am Stuttgarter Hauptbahnhof?

De Intercity nach Karlsruh'!

Die Badner un die »Sauschwobe«

Die Badner un die »Sauschwobe«

En Badner, en Schwob un en Dunkelhäutiger treffe uff de Neugeborenenstation uffenanner. Völlig uffglöst kommt die Krankenschweschter und sagt: »Ich bin untröstlich! Wir haben ihre Kinder vertauscht. Vielleicht erkennen sie ja das Ihrige ...«

Die drei Väter schaue die drei Kinner a. Sofort schnappt sich de Badner des dunkelhäutige Kind.

»Das ist ja wohl offensichtlich, dass dies nicht Ihr Kind ist«, meint die Krankenschwester.

Do antwortet de Badner: »Eh' ich den Schwob krieg ...«

En Schwobe, en Badner un en Franke werde in Saudi-Arabien beim dort strengschtens verbotene Genuss von Alkohol erwischt. De Sultan lasst se vorführen, sieht se sich genauestens an un sagt dann: »Für den Konsum von Alkohol bekommt ihr eine Strafe von 50 Peitschenhieben. Aber da ihr Ausländer seid und keine Kenntnis von dem Verbot hattet, will ich gnädig zu Euch sein. Ihr habt vor der Strafe einen Wunsch frei. Fang du an, Schwabe!«

»I wünsch mr, dass mr mir e Kisse uf de Buggel bindet, bevor me mi auspeitscht!«

De Wunsch wird em erfüllt, aber nach 25 Peitschenhieb isch des Kisse bereits zerfetzt.

De Franke sieht des un wünscht sich deshalb, dass ihm zwai Kisse uff de Rücken gebunne werde. Doch leider reiße auch hier die Kisse frühzeitig.

Do wendet sich der Sultan dem Badner zu. Da er en großer Freund von badischem Wein isch, gewährt er dem Badener zwai Wünsch.

»Alla gut«, sagt der Badener, »ich hätt gern als aller erschtes hunnert Peitschehieb – statt bloß fuffzich!«

De Schwob un de Franke schaue sich entgeischtert a. De Sultan sagt: »Ich verstehe es zwar nicht, aber es sei dir die doppelte Zahl an Hieben gewährt. Und was ist dein zweiter Wunsch?«

Do sagt de Badener: »Bindet mir den Schwob uff de Rücke!«

En Badner un en Schwob sitze in einem Zugabteil. Do fragt de Badner: »Fahre Sie au in Urlaub?«

»I bin auf Hochzeitsreis!«

Verwunnert fragt de Badener noch: »Un wo isch denn Ihre Frau?«

»Die kennt die Gegend scho!«

Die inoffizielle Stroph' vom Badenerlied, die von Badnern zu jedem A'lass gern gsunge wird: In Karlsruh' isch der Rhein noch blau, in Mannheim wird er grau. Da fließt der Neckar in den Rhein, die alte Schwabensau.

Die Badner un die »Sauschwobe«

Sitze zwai Badner am Baggersee un schaue in d'Weite. Plötzlich sehe se, wie im Wasser jemand ums Überlebe kämpft. Ohne lang zu überlege, springe se ins Wasser un ziehe einen Mann ans Ufer. De Mann gibt sich als reicher Schwob zu erkenne un will jedem der zwai Badner als Dank einen Wunsch erfüllen, egal wie teuer.

De erschte Badner wünscht sich einen Mercedes von dem Schwob un soll diesen auch bekomme. Als de zwaite Badner g'fragt wird, wünscht der sich en Rollstuhl. De Schwob un de annere Badner sin verdutzt un wolle wisse, was er denn mit einem Rollstuhl will.

Druff antwortet er: »Ha, wenn ich dehaim erzähl, dass ich ei'm Sauschwob des Lebe g'rettet hab, schlage die mir s'Kreuz ab, und dann brauch ich en Rollstuhl.«

En Schwob kommt mit einer Zeitung in e Karlsruher Reisebüro: »Entschuldiget Sie, hier steht, dass ich bei Ihnen eine Kreuzfahrt für 98 Euro bekommen kann. Gilt des Angebot no?«

De Verkäufer bestätigt des un kassiert de Schwob ab.

Do komme zwai Männer aus dem Hinnerzimmer, packe de Schwob un zerre ihn nach drauße, wo se ihn in e Fass stecke, des se in de Rhein werfe.

Kurz druff kommt en Bayer in des Reisebüro. Auch er erkundigt sich nach der Reise, bezahlt un wird mitsamt dem Fass in de Rhein gschmisse. Nach einer Weile stoße die beide Fässer zamme.

Maint de Bayer: »Entschuldigen Sie, können Sie mir sagen, ob auf dieser Kreuzfahrt ein Abendessen serviert wird?«

De Schwob antwortet: »I glaub it, jedenfalls hat's letschtes Johr kois geba.«

Im Himmel herrscht reges Gedränge. De grad verstorbene Badner isch irritiert un fragt de Petrus: »Was isch denn hier los? Ich dacht immer, de Himmel wär en ruhiger un beschaulicher Ort!«

Do druff sagt de Petrus: »Wissen Sie, auch der liebe Gott macht mal einen Fehler. Und jetzt läuft gerade eine Rückrufaktion für Schwaben!«

Wie d'Schwobe halt so sinn

Was isch des schönschte Kompliment, des ma einer Schwäbin machen kann?

Du siehsch aber abg'schafft aus!

E schwäbischs Ehepaar wandert durch d'Alpe un fällt in e Gletscherspalt. Am nächschte Tag höre se e Stimm von obbe rufe: »Hallo, hier ist das Rote Kreuz!«

Do druff ruft de Schwob zrück: »Mir gäbet nix!«

En Schwob breitet im Winter Mischt uff dem g'frorene Bodensee aus.

Do kommt en Schweizer vorbei un sagt: »Ja, du Depp, im Frühjahr taut es und dein Mist versinkt im See!«

Do druff antwortet de Schwob: »Halt's Maul, nochher kommt en Öschderreicher, der will den Acker kaufa.«

Wieso kaufe schwäbische Frauwe kei Tangas?

Sie könne se später nimmer als Putzlumpe verwende!

Wie d'Schwobe halt so sinn

Als Gott die Dialekte verteilt hat, do hat er für jedes kleine Volk en eigene Dialekt ghabt, nur für die Schwobe blieb keiner mehr übrig. Do hat de lieb Gott zu de Schwobe g'sagt: »Ha dann schwätzet ihr halt so wie i!«

En Schwob kommt zur Autowaschalag. De Besitzer sagt ihm, er solle sich exakt an die Anweisunge uff de Schilder halte, dann könne nix schiefgehen. Kurz druff kommt ihm de Schwob triefnass entgegen. Er fragt de Schwob: »Was ist denn mit Ihnen passiert?«

De Schwob antwortet: »Ha, do war a Schild ‚Gang raus!'. Und do ben i halt rausganga.«

Wisseschaftler habbe feschtg'stellt, dass Adam en Schwob war!

Adam war's im Paradies langweilig, do hat er de liebe Gott g'fragt: »Kannsch du mir net jemand mache, der nett, schö und intelligent isch, jemand, den i richtig liebhabe kann?«

Die Antwort Gottes: »Jo, klar, dofür bräucht ich allerdings dein rechte Arm und dei linkes Bein.«

Adam überlegt sich des un sagt dann: »Was krieg i denn für e Ripp?«

An Fasching steht e Mutter mit ihrer Tochter uff em Marktplatz un sie sehe de Narren zu. Do sagt die Tochter: »Mamme, i mecht au so a Larve.«

Druff antwortet die Mutter: »Du sei schtill, du brauchscht kei Larv' it, du bischt sell wiascht gnuag!«

Nach einem ausgiebige Trinkgelage steht in Tübingen en Student schwankend uff de Neckarbrück, würgt un kotzt nunner. En zufällig vorbeikommender Ei'heimischer meint: »So isch's reacht Schtudentle, no 's Arschloch g'schont...«

De liebe Gott hat sich nach einer gewisse Zeit, nachdem er die Erd g'schaffe hatte, gedenkt: Ich schau mer mol mei Werk un des, was draus worre isch, mol a. So verwandelte er sich in en Mensch un begab sich uff d'Erd. Nach einiger Zeit, als er so uff Erde wandelte, hat er en Mann getroffe, der am Wegesrand uff ei'm Stein ghockt isch un steinerweichend gweint hat.

Gott hat ihn g'fragt, warum er denn so weine würd, doch de Mann hat kei Antwort gebbe, sondern hat weiterg'flennt. Nach einer weitere Frag, warum er denn so herzzerreißend schluchze würd, hat de Mann kurz uffgeguckt un g'sagt, ihm könne kainer helfe. Gott ließ abber net locker un hat nochgebort. Es kann doch nicht so schlimm sei, hat er g'sagt. Für sei Problem muss es doch wohl e Lösung gebbe.

Druff hat der Mann g'sagt: »Es kann mir keiner helfen, nicht einmal der liebe Gott!«

Do hat sich Gott in all seiner Pracht zu erkenne gebbe un den Mann gebete, ihm endlich zu sage, was ihn denn zum Weinen bringe.

Do druff hat er sich die Träne kurz abgwischt, in ein Taschentuch g'schneuzt un g'sagt: »Lieber Gott, auch du kannsch mir it helfa, denn i bin e Schwob!«

Da hat sich de liebe Gott zu dem Mann uff de Stein g'hockt un hat ebenfalls heftig z'heule a'g'fange!

En Finanzbeamter macht Außekontroll bei einem Bauer uff de Schwäbischen Alb un stellt fescht, dass der e Schnapsbrennanlag hat.

»Bauer, do drfir musch du Steura zahla!«

»Aber wieso, i brenn doch gar kain Schnaps!«

»Aber du hosch des Gerät drfir!«

Tags druff geht de Bauer in d'Stadt un direkt zum Finanzamt, zu demselbe Beamten.

»Finanzer, i mecht gern Kinderbeihilfe beantraga!«

»Wieso, du hosch doch gar kaine Kendr?«

»Aber i hau's Gerät drfir!«

Wann die beschte Zeit zum Heirate sei, wurd en alder schwäbischer Junggsell mol g'fragt.

»Des kann i dir ganz genau saga: bis vierzige no net, ond noch vierzige nemme!«

Drei Männer sitze im Zug, en Preuß, en Schweizer un en Schwob. Kainer schwätzt was. Do wird es dem Schweizer zu bleed, un er sagt zum Preuß': »Sooo, sin Sie au 'n Züri gsi?«

De Preuß' schaut ihn völlig baff a un fragt nach, was er denn g'sagt habe.

De Schweizer wiederholt, deutlicher un langsamer: »Sind Sie au 'n Züri gsi?«

De Preuße will scho uffgebbe, weil er es natürlich net versteht. De Schwob als Zeuge der Unterhaltung will helfe un sagt zum Preuß': »Er meint: gwää!«

De schwäbische Hotelgast sagt zum Ober: »I hätt' gern zwoi viel zu hart kochte Oier, en eiskalta Speck, a verbrennts Toschtbrod, an tiefg'frorene Butter ond an lauwarma Kaffee!«

Do druff sagt de Ober: »Das dürfte schwierig sein, mein Herr.«

De Schwob antwortet: »Worum? Geschtern isch's doch au ganga!«

Matthias kommt von de Anmeldung zum Kinnertheater haim. Strahlend sagt er: »Mama, i derf mitspiela, ond zwar als ›schwäbischer Ehemann‹«.

Mama erwidert empört: »Do ruf i glei a, warum du koi Sprechrolle kriegt hosch!«

En schwäbischer Polizeibeamter hält en LKW a un sagt zum Fahrer: »Ich sag Ihne nun zum fünfte Mol, dass Sie Ihre Ladung verlierad!«

Do druff sagt de LKW-Fahrer: »Und i sag Ihne jetzt zum fünfte Mal, dass des an Streuwaga isch.«

Zwai Schwobe sehe e eklige Kröt. De eine macht dem annere e Angebot: »I geb dir zeah Euro, wenn du selle Grott frisch.«

De annere würgt se nunner.

Als ihnen e zwaite Kröt über de Weg läuft, macht de annere dem eine des A'gebot:

»I geb dir deine zeah Euro wieder, wenn du jetz dui Grott frisch.«

Interessiert an de Rückgabe des Scheins erfüllt der eine die Forderung un bekommt sei zehn Euro widder.

Nach einer Weile sagt der eine zum annere: »Zu was hent mir jetzt eigentlich beide a Grott g'fressa?«

In Reutlinge isch en neuer Kaplan debei, die Beicht abzunemme. En Bauer bekennt, dass er e Reh gwildert hat. Uff solche Sünde isch de Kaplan natürlich net ei'g'stellt, un er bittet deshalb de Sünder, en Augeblick zu warte.

Schnell begibt er sich zum Pfarrer, der im annere Beichtstuhl hockt. »Do isch oinr, der hot a Reh gwildert. Was soll i dem geba?«

Do druff sagt de Pfarrer: »Auf koin Fall meh wia drei Euro für's Kilo!«

Uff de Schwäbische Alb wird e Bäuerin von em Pferd getötet. Uff de Beerdigung kondoliere d'Dorfbewohner dem Bauern. De Paschtor beobachtet, wie de Witwer laufend Kopf schüttelt. Später fragt er ihn danach.

De Bauer sagt do druff: »Herr Paschtor, alle hend mein Gaul kaufe welle, und des han i abg'lehnt!«

En schwäbischer Bauer un en amerikanischer Bauer unnerhalte sich. De Amerikaner prahlt: »Wenn ich mit meinem Traktor um mein Grundstück fahren will, dann bin ich drei Tage unterwegs.«

Do erwidert de Schwob. »So a Glomb hau i au scho ghett.«

Im Schwäbische treffe sich zwai Nachbarinne. Die eine fragt: »Freut sich ihr Mann au so über dia Drilling?«

»Noi, er hat mi verlasse.«

»Worum denn des?«

»Er fühlt sich betroga und sucht jetzt die andere beide Vädder!«

Die Kuh von em schwäbische Bauer isch krank. Besorgt fragt er sei'n Nachbar: »Was hosch du denn domols deiner Kuh gebe, als se so krank war?«

»I hab dere Kuh Salmiakgeist gebe«, sagt dieser.

Gesagt, getan. Als de schwäbische Bauer e Woch später sein Nachbar bsucht, trauert er: »Mei Kuh isch tot.«

Do druff sagt dieser: »Meine domols au.«

En Bettler klingelt uff de schwäbische Alb an einer Haustür. Die Hausfrau öffnet un sagt: »Ja, was isch denn?«

Do sagt der Bettler: »Gute Frau – ich habe seit drei Tagen nichts mehr gegessen!«

Druff erwidert die Schwäbin: »Dann messad Se sich halt zwenga!«

Einem Schwob fällt d' Jack in d'Klärgrub. Er greift sich en Stock und versucht, se rauszuangle.

Do meint sei Frau: »Ach Karle, der Kiddl ischt so alt, den kannscht doch wegschmeißa!«

»Um den Kiddl goht's mir nedda, aber in dr Dasch hann i no mei Veschper drin!«

Mitte in de Nacht wird de Doktor zu einer Patientin grufe, einer recht vermögenden, abber hypochondrische Witwe.

De Arzt untersucht se un sagt schließlich: »Hent Se Ihr Testament scho g'macht?«

»Ja, um Himmls willa, Herr Doktor, isch's denn so schlimm?«

»Mr woiß nia. Am besta wär's wenn Se glei no da Notar ond zwoi Zeuga komma ließet.«

»Da Notar? Isch's denn wirklich scho so weit?«

»Ja, von mir aus könnet Se au no da Pfarrer komma lassa, i will doch net dr oinzig Simpel sei, den Sie heut Nacht onötig aus em Schlof g'rissa hent.«

De Bauer Pfefferle beschwert sich beim Viehhändler: »Die Kuh, die i geschtern von Ihne kauft hab', die hat a anklebt's Horn!«

»Da sehen Sie mal, wie eitel diese Viecher sind!«

Zwai Arbeiter sin uff ei'm frühere Begräbnisplatz bei de Stiftskirch mit Grabarbeite bschäftigt, wobei se vielerlei Knoche finde. Schließlich grabe se e noch gut erhaltenes Skelett aus. De aine betrachtet es aufmerksam un fragt schließlich: »Du, Walter, ischt des jetzt früher a Ma g'wese oder a Weib?«

»Ha, du Simpel«, sagt der. »Des muscht du doch sehe, dass des e Weib g'wese ischt, sie hat doch jetz no d'Gosch offe!«

Nach langem Drängle lasst sich en schwäbischer Jäger von seiner Frau überrede, sie ei'mol mit uff d'Jagd zu nemme. Im Wald erklärt er ihr, wie se des G'wehr zu bediene hat un wie se sich verschteckt. Er erklärt, dass es sehr wichtig isch, nach dem Schuss sofort zum erlegte Tier zu renne, weil dem des Tier ghört, der als erschter dort isch.

Die beide verkrieche sich in ihrer Deckung un warte. Nach kurzer Zeit hört d'Jäger en Schuss von seinere Frau. Schnell rennt er na, um zu sehen, ob se au alles richtig macht. Scho aus weiter Entfernung sieht er, wie sei Frau un en fremder Mann wild geschtikulierend bei einem Kadaver stehen. Als er näher rankommt, hört er de Mann sage: »Also gut, ich kann nicht mehr! Bitteschön! Es ist IHR HIRSCH! – Darf ich wenigstens noch den Sattel abnehmen?«

En Franzos, en Amerikaner un en Schwob unnerhalde sich drübber, wer de beschte Gummi herstellt.

Franzos: »Bei uns ist ein Mann vom Eiffelturm gefallen. Auf halber Strecke verfing sich sein Hosenträger am Turm und er hing daran wie ein Bungee-Springer. »C'est la qualité française!«

Amerikaner: »Ach was, lächerlich. Bei uns ist einer vom Empire State Building gestürzt. Unterwegs holte er seinen Kaugummi aus dem Mund, klebte ihn an der Wand fest und konnte sich so langsam daran herablassen. That's american quality!«

De Schwob lächelt nur: »Bei uns isch en Arbeiter, der uf dr Spitze vom Ulmer Münschter g'schafft hat, abg'stürzt. Als er unte aufg'schlage isch, hat's ihn in tausend Fetzen zerissen!«

Die beide anneren schauten ihn an: »Ja, und?«

»Ha, dr Arbeiter hat Gummistiefel anghabt, und die hand koin oinzige Kratzer ghet! Des isch schwäbische Gwalidäääd!«

En Schotte un en Schwob sind zu Gascht bei einem Bayern. Der zeigt seine Gäscht sei Haus un sein Garte; vor allem de fabelhafte Swimmingpool isch sein ganzer Stolz, denn mit dem Sprungturm hat es e besondere Bewandtnis: De Bayer klettert uff de Turm, läuft uffs Sprungbrett un ruft laut: »Bier!«

Sofort verwandelt sich des Wasser in beschtes Starkbier, de Bayer springt nei, krault mit weit offenem Mund un trinkt, was neigeht.

Als nächschtes derf dee Franzose uffs Sprungbrett, er ruft »Vin rouge« un sofort isch beschter Rotwein im Pool. De Franzose macht en Köpfer nei un schluckt un schluckt un schluckt und wird dann an Land zoge.

Derweil rangle de Schott un de Schwob scho an de Leiter, der Schwob kann den Schotte zurückdrängle, klettert flink nuff, rennt uffs Brett, rutscht aus un schreit noch »Scheiße« im Fallen ...

Treffe sich drei Männer aus verschiedene Länder. Sagt der aus England: »Bei uns ist das schwierig, wir schreiben ›school‹ und sagen ›skul‹!«

»Das ist gar nichts«, sagt de Mann aus Frankreich. »Wir schreiben ›Renault‹ und sagen ›Reno‹!«

»Bei uns isch des aber no viel schwieriger«, antwortet de Schwob. »Wir schreiben ›Wie bitte?‹ und sagen ›Hä?‹«

En Schwob kommt zum Poschtamt un sagt: »I hätt gern oi Briefmark für 58 Cent. Machet Se aber de Preis ab. Es soll e G'schenk sei!«

Wie d'Schwobe halt so sinn

Was macht en schwäbische Dalmatiner an de Supermarktkass?

Er sammelt Punkte!

Am Stammtisch sitze e paar Schwobe zamme. Do meint einer: »Es gibt Hondle, die send klüger als ihre Herrle.«

»Ja«, sagt do druff de Georg stolz, »i han so oin.«

En Schwob hat mit sei'm Auto e anneres Fahrzeug g'rammt. Do brüllt de Fahrer: »Sie blindes Huhn, haben Sie überhaupt eine Fahrprüfung gemacht?«

De Schwob zischt zrück: »Bestimmt öfter als Sie!«

Helmut un Harald wandere uff de Schwäbische Alb. Plötzlich taucht vor ihnen en Bär uff. Sofort holt Harald sei Jogging-Schuh aus em Rucksack un fangt a, sein Wanderschuhe auszuziehe.

Do fragt de Helmut: »Was soll denn jetzt des? Au mit Turnschuh bischt du net schneller als der Bär!«

»Was interessiert mi der Bär! I will bloß schneller sei als du!«

Wie d'Schwobe halt so sinn

Zwai Schwäbinne unnerhalten sich. Sagt die eine: »I war beim Schwangerschaftstest!«

Druff die annere: »Und, waret die Froge schwer?«

En schwäbischer Bauer erzählt sei'm Freund: »Stell dir vor, letschdens bin i mit mei'm Traktor in a Radarfalle g'fahre.«

»Und, hat's blitzt?«

»Noi, g'scheppert.«

Bauer Häberle kommt zum Bauer Kräutle: »Du, dohanne treibt's dei Weib mit'm Lehrer uff dei'm Acker!«

Uffgregt schnappt sich Kräutle des Fernglas, erblickt des Paar un sagt beruhigt: »Des isch net mein Acker!«

Zwai Schwobe unnerhalte sich. »Pass auf«, sagt der eine, »i hab hier Geld in der Hand, wenn Du errätscht wie viel es ischt, dann g'höret die zwoi Euro dir!«

»Ach«, sagt de annere, »wozu soll i mir wege lumpige zwoi Euro de Kopf zerbrecha!«

's Fritzle sitzt in de Küch un spielt Eisebahn. »Tschu, tschu, Stuegert Hauptbahnhof, älles aussteige, die große Arschlöcher nach rechts, die kleine Arschlöcher nach links.«

De Vadder im Wohnzimmer hat des g'hört un ermahnt ihn: »Wenn i des nochmol hör, gehsch du eine Stunde auf dei Zimmer.«

Fritzle spielt weiter: »Tschu, tschu, Stuegert Hauptbahnhof, älles aussteige, die große Arschlöcher nach rechts, die kleine Arschlöcher nach links.«

Dem Vadder reicht es jetzt un er schickt sein Sohn für e Stund uff sei Zimmer. Als die Stund vorbei isch, derf 's Fritzle wieder rauskommen. Er geht in d'Küch un spielt weiter: »Tschu, tschu, Stuegert Hauptbahnhof, älles aussteige, die große Arschlöcher nach rechts, die kleine Arschlöcher nach links, und wege dem Arschloch im Wohnzimmer hend mir oi Stund Verspätung!«

E alte Älblerin kommt bei Eis un Schnee von de Einäscherung ihres Mannes un hat die Urne unnerm Arm. Verzweifelt versucht se, e Steigung nuff zu komme, stürzt aber wiederholt un findet sich wieder unne. Do wird es ihr zu dumm, un sie bruddelt vor sich hin: »Pietät hin, Pietät her, Fritz, jetzt wirsch gschdreut.«

Zwai Schwobe sin in Kanada unnerwegs zum Jagen. Sie lasse sich von ei'm Piloten in de Wildnis absetze un vereinbare Zeit un Ort zum Abhole. De Pilot sagt ihnen ausdrücklich, dass se nur einen Elch mitnehmen könnten, da sonscht ds Flugzeug zu schwer werde würd.

Wie soll es andersch sei:

Die beide erlege natürlich jeder einen Elch, un sie wolle auch beide Trophäen mitnehme. Es wird lange verhandelt un schließlich gibt de Pilot nach.

Sie lade ein un starte. Wenn au recht spät, so löst sich dennoch ds Flugzeug von de Landebahn, fliegt übber die erschte Bäum, streift abber an de Baumkrone un stürzt ab. Die Schwobe befreien sich aus dem Wrack un sehen sich um.

Meint der eine: »Wo zum Henker simmer?«

Do antwortet de annere Schwob: »Etwa zwanzg Meter weiter als 's letschte Johr!«

Uff de Schwäbische Alb herrscht wochelang e schlimme Dürre. Eines Tages holt de Bauer Häberle sei Säg aus em Schuppe un sägt sich ins Bein. Sei Frau reißt ihm d'Säge aus de Hand un brüllt: »Was machsch denn du do?«

Plötzlich fangt's heftig a zu regne. De Bauer erwidert: »Siesch, i hab's doch gwisst! Sich säge bringt Räge!«

Warum dürfe im Schwäbische an de Kioske keine Langnese-Fahne befeschtigt werdde? Weil se bei de letschte Wahlen in Württeberg übber 80 Prozent der Stimme erhalte habbe.

De Stuttgarter Dirigent sagt zum Orcheschter:
»Der Trompeter hat ebe en falsche Ton g'spielt!«
»Der ischt doch no gar net do!«
»Dann saget's ihm halt, wenn er kommt!«

»Herr Pfeifle, könnet Sie Gedanke lese?«, fragt der Kunde den Ladenbesitzer.
»Ja!«
»Oh, dann send Se mer bitte net bös ...«

Ei ehrlicher Finder bringt e Briefdasch zu ihrem schwäbische Besitzer zrück. Er bekommt defür zehn Euro Finderlohn.

»Für e Brieftasch, in der 5000 Euro drin wared, ischt des aber ziemlich wenig!«, meutert er un kriegt schlagfertig zur Antwort: »Send Se froh, dass i sie überhaupt verlore hab!«

Die Winzer von Tübinge sin für ihr besondere Liebenswürdigkeit bekannt. Als sich dort emol zur Zeit von de Lese en Spaziergänger in eme Weinberg verirrt hat, soll es zwische ihm un dem Besitzer zu folgendem Dialog komme sei:

Winzer: »Machscht, dass aus mei'm Wengert naus kommscht, oder i schlag dr d' Laif a, dass de uf de Schtompa hoimkrattle muescht, du Siach, du verfluachter!«

Spaziergänger: »Oh, bitte entschuldigen Sie, ich konnte ja nicht ahnen, dass hier Betreten verboten ist. Womöglich habe ich das Hinweisschild übersehen ...?«

Winzer: »Drom sait mers uich jo au em Guete!«

Beim Bauer Nägele klingelt en Tourischt un sagt: »Es tut mir sehr leid! Ich habe Ihren Hahn überfahren und würde ihn Ihnen gerne ersetzen!«

»Ischt gut«, sagt der Bauer, »dann kommet Se jeden Morge um viere zum Krähe!«

De Sepp un de Karle habbe vom großartigen Echo am Königssee ghört un wolle sich vor Ort davon überzeuge. Sie miete e Ruderboot un entferne sich, schwer bewaffnet, etwa hunnert Meter vom Land.

Dann sagt de Karle zum Sepp: »Schieß!«.

De Sepp schießt, doch nix isch zu hören.

Sie beschließen, in d'Mitt vom See zu rudere.

Widder sagt de Karle zum Sepp: »Schieß!«

De Sepp schießt, sie spitze d'Ohre, doch widder nix vom besagte Echo.

Nach kurzem Überlege rudere se ganz nah an d'Felswand, da dort des Echo wohl am beschte zu hören isch.

Erneut befiehlt de Karle dem Sepp: »Schieß!«

Druff de Sepp: »Goht itta, i hon koine Pfeil meh.«

Zwai Schwobe treffe sich uff em Feld. Plötzlich ziehe in de Richtung, wo de Schorsch sein Hof hat, Rauchschwade uff.

Do fragt ihn de Dieter: »Schorsch, rauchet deine Hasa?«

»Noi, worom?«

»Ha, no brennt dei Schdall.«

Herrn Pfleiderers Schwiegermutter isch g'storbe. Im Bestattungsinstitut wird er vom Bestatter g'fragt: »Normales Begräbnis oder einäschern?«

»Am beschte beides! I muss in diesem Fall ganz sichergehe!«

Elke will sich scheide lasse. Ihr Anwalt fragt se nach Schwachstellen ihres Ehemanns aus:

»Ist Ihr Mann ein Trinker?«

»Noi, net dass i wüsst!«

»Ist er gewalttätig?«

»Noi, des ka ma net sage!«

»Und wie ist es um seine Treue bestellt?«

»I glaub, do könntet mer ihn packe! Zwei von unsere vier Kendle sind nämlich net von ihm!«

En Schwob geht in e Apothek un verlangt nach em Medikament gege Durchfall. Die Apothekerin verkauft ihm was, stellt danach abber fescht, dass es e Beruhigungsmittel war un keins gege Durchfall. Am nächschte Tag kommt de Mann widder in d'Apotheke, un die Apothekerin entschuldigt sich sofort bei ihm für des Versehe.

»Höret Se auf! So schlemm war des au net«, sagt de Schwob, »i scheiß zwar immer no in d'Hosa, aber i reg mi nimmer driber uff!«

En Schwob wird beim Bischof a'g'stellt. Er kriegt die würdevolle Aufgab, den hohe Geistliche jeden Morgen um sechs Uhr zu wecke. Er klopft.

»Gute Morga Eminenz, es ischt sechs Uhr und über unserer schöne Stadt scheint d'Sonn.«

»Danke, mein Sohn, der Herr und ich wissen es bereits.«

De Schwob stutzt, da doch alles dicht verriegelt isch und kein Lichtschein neikommt.

Am nächschte Morgen klopft er widder.

»Gute Morga Eminenz, es ischt sechs Uhr und über unserer schöne Stadt regnat's.«

»Danke, der Herr und ich wissen es bereits.«

De Schwob stutzt erneut. Er will es nun genau wissen. Am nächschte Tag klopft er also widder an. »Gute Morga Eminenz, es ischt sechs Uhr und über unserer schöne Stadt scheint d'Sonn.«

»Danke, der Herr und ich wissen es bereits.«

»An Scheißdreck wissat ihr zwoi. Neine isch, on draußa hagelt's Katza!«

Treffen sich zwai ältere schwäbische Ehemänner in de Kneip, meint de eine zum anner: »Mensch, gestern isch was Blödes passiert, mei Alte isch zum Kartofflehola in' Keller gange, isch d'Trepp nabg'floge und hat sich 's Gnick brocha!«

Meint der annere: »Scheiße! Was hascht dann g'macht?«

Meint de erschte widder: »Ha, Spätzle!«

De Schwob
un de Geiz

De Schwob un de Geiz

De Pfleiderer hat en spendable Tag. Er kauft e Dafel Schoklad, versammelt dann alle Familienmitglieder um sich un teilt jedem e winzig kleins Stückle zu.

»Worum denn bloß so wenig?«, fragt sein Sohn enttäuscht.

»Ihr könntet süchtig werde!«, meint do de Pfleiderer – un steckt de Rescht von de Schoklad in sei Dasch.

De Willi Laible hat alles, was er bsesse hat, einem Kinnerheim hinnerlasse.«

»Das ist aber nobel! Was hat er denn alles besessen?«

»Fünf uneheliche Kinder!«

Als de liebe Gott de Schwob erschaffe hatte, war ihm dieser glei ans Herz g'wachse. Also hat ihn de liebe Gott g'fragt: »Mein lieber Schwabe, was kann ich noch für dich tun?«

De Schwob hat sich e Gebirge mit grünen Wiese un kristallklare Bäche g'wünscht. Gott hat ihm diesen Wunsch erfüllt un hat d'Schwäbische Alb g'schaffe un widder g'fragt: »Was willst du noch?«.

Do druff hat de Schwob g'sagt: »Jetzt wünsch i mir auf denne Weide gsonde, glückliche Küh, wo die beschte Milch gebet auf der ganze Welt.«

Gott hat ihm au diesen Wunsch erfüllt, un de Schwob hat eine von dene Küh g'molke un hat Gott e Glas von de wunderbare Milch probiere lasse.

Un widder hat de liebe Gott g'fragt: »Was willst du noch?«

»Zwoi Euro für d'Milch!«

Fußballspiel in ere schwäbische Stadt. Zur Seitewahl wirft de Schiedsrichter e Münz in d'Luft. – Es gibt dausend Verletzte.

»Hascht du deine neue Schuh a?«, fragt de alte Schwob sein Sohn.

»Ja, Papa!«

»Dann mach gfälligscht größere Schritt!«

»Du hascht deiner Freundin wirklich e Schachtel Weinbrandbohne g'schenkt?«, fragt en Schwob sein' Freund.

»Bloß d' Bohne, bloß d' Bohne – de Weinbrand hab i ab'zapft, damit feired mir Silveschter!«

De Schwob un de Geiz

Warum gucken Schwobe Pornos immer rückwärts?
Weil se es so geil finde, wenn d'Nutt des Geld zrückgibt.

En Schwob kommt ins Pfandhaus un will en Kredit über 100 Euro uffnemme. Als Pfand bietet er seinen Mercedes.

Dem Pfandleiher kommt die Sach zwar seltsam vor, er sagt dem Schwob abber, er soll sei Auto in d'Lagerhalle fahre.

Einen Monat später will de Schwob sei Pfand auslöse.

»Das macht 100 Euro und fünf Euro Zinsen«, sagt de Pfandleiher. »Verraten Sie mir jetzt den Sinn der ganzen Aktion?«

Do sagt de Schwob: »I war im Urlaub, un wo kann i sonschd für fünf Euro en ganze Monat lang parke?«

»Eigentlich«, sagt de Schwob etwas zögerlich, »möcht i net die Mütz kaufa, die Sie mir zeigt habet. I möchte gern die gleiche, wie i se aufhab. Die hab i domols in ihrem G'schäft kauft.«

»Unmöglich«, sagt de Verkäufer, »meinen Laden gibt es erst seit 50 Jahren.«

De Schwob un de Geiz

Herr Schmidt macht Urlaub im Schwäbischen. Er fragt einen Ei'heimische: »Was halten Sie eigentlich von Schwabenwitzen?«

»Damit sott ma ganz, ganz arg sparsam umgange!«

En Schwob verzählt em annere von ere Begegnung der dritte Art:

»Dr Karle, der muaß gschdopft sei. Ha, der muaß Geld wia Dregg han. Schtell dr amol vor, geschdern hannen an ra Tankschdell troffa – volltankt hod'r! Überleg dr amol, volltankt!«

Kommt en Schwob uffs Standesamt un will sein Name ännere lasse.

De Beamte fragt en: »Warum?«

Do druff de Schwob: »I han do geschdern an Karddong Visidakarda auf dr Schdroß gfonda ...«

En Schwob fragt en annere Schwob: »Warum schwätzsch du denn uff aimol so arg durch d'Nas?«

Do sagt de annere: »I will mei neue Zähn schone!«

De Schwob un de Geiz

Testamentarisch verfügt en alder Schwob, dass jeder seiner drei Söhn ihm 100 Euro mit ins Grab gebbe soll. Beim Begräbnis legt de erschte Sohn en Hunnert-Euro-Schein uff de Sarg. De zwaite Bruder macht desselbe. De dritte stellt en Scheck übber 300 Euro aus un steckt die beiden Hunnerter ei.

En Holzfäller wird vom Baum erschlagen. Sein Kolleg soll de Witwe die traurig Nachricht schonend überbringen.

Er klingelt: »Grüß Gott, wohnt hier d'Witwe Scheiffele?«

»Scheiffele schdimmd, Witwe schdimmd nedda!«

»Wolle mir wetta?«

En Schwob kommt völlig außer Atem un wütend von de Arbeit nach Haus. Sei Frau fragt ihn vorsichtig, was los sei.

Er antwortet: »I hab den Bus ganz knapp verpasst und bin dann de ganze Weg hoim immer knapp hinter em herg'laufe!«

»Freu di doch«, antwortet sei Frau, »no hascht doch zwei Euro Fahrgeld g'spart!«

»Ja, scho, aber wenn i hinter einem Taxi herg'laufe wär, hätt i zehn Euro g'spart!«

De Schwob un de Geiz

En Schwob sagt freudig zu seinere Frau: »Heut' ganged mir emol in d'Stadt un gucked uns Schaufenschter a!«

Do erwidert d'Ehefrau: »Aber sonntags send doch die G'schäfte alle zu!«

»Ebe drom!«

En Schwob fallt bei Reparaturarbeiten vom Hausdach. Als er am Küchefenschter vorbeifliegt, ruft er: »Marie, heut kannsch 's Mittagessa schbara, i ess heut im Städtische Krankehaus!«

En Schwob kommt in e Hotel in Konstanz un fragt de Portier: »Hend Sie a Zimmer frei?«

De Portier antwortet: »Ja, aber nur eines mit Seeblick. Das kostet 30 Euro mehr.«

Do druff sagt de Schwob: »Und wenn i Ihne versprech, net aus dem Fenschter zu gucke?«

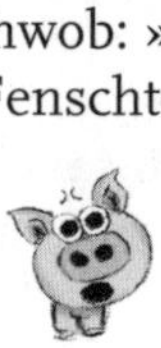

En Schwob, en Schotte un en Österreicher wetten um en Euro, wer am längschte tauche kann. De Schwob isch ertrunke!

De Schwob un de Geiz

Bei einem Fescht wird en schwäbischer Tierhändler g'fragt, wie er zu sei'm große Vermöge komme isch.

»I han mit Brieftaube ang'fange«, sagt de wohlhabende Gschäftsmann.

»Do müsset Se aber arg viele verkauft habe!«

»Noi, bloß oine, und die ischt dann immer wieder zruckkomme!«

Was sagt e englische Frau nach einer Nacht mit em Liebhaber?

»Oh, Mortimer! Du warst so wonderful!«

Was sagt e französische Frau nach einer Nacht mit em Liebhaber?

»Oh, Jaques! Du warst einfach très bien!«

Un was sagt e schwäbische Frau nach einer Nacht mit em Liebhaber? »Sag emol, g'höret die Möbel älle dir?«

Nach drei Jahren kommt en Schwob in sei Heimat zurück. Am Flughafe sucht er erfolglos nach seine Brüder, bis ihn zwai Bärtige aspreche:

»Erkennscht du uns net?«

»Warum hennt ihr denn so lange Bärt?«

»Du hascht doch domols de Rasierer mitg'nomma!«

De Schwob un de Geiz

En Schwob sagt zum annere: »Ich muass mir an neia Kamm kaufa, beim alda isch an Zagga rausbrocha.«

»Mensch, den kasch doch no guat nemma.«

»Noi, des war dr ledschde.«

Frau Nägele kriegt von ihrem Gatte e Telegramm.

»Eintreffen 17.30 Uhr Westbahnhof mitbringe Klapperschlange.«

Sie isch pünktlich am Zug, de Mann steigt aus.

Die Frau muschtert des Gepäck: »Wo ischt denn jetzt die Klapperschlang?«

»Ach was, Klapperschlang! Es waret noch zwoi Wörter frei – i werd doch dr Post nix schenka!«

Treffen sich zwai Mugge nach dem Urlaub am Flughafen. Die einde Mugg isch braun un fett, die annere bleich un total abgmagert.

Do sagt die fett Mugg: »Sag emol, wo warsch denn du? I selber war uff Ibiza un hab mich zwai Woche lang so richtig satt g'soffe un Sonn tankt.«

Die annere erwidert: »Genau des wollt ich au. Ich hab mich, um wegzukommen, uff em Flughafe bei em Schwob im Geldbeutel verschteckt. Der hat dann de Geldbeutel zug'macht un erscht heut bei der Akunft widder uffg'macht!«

De Schwob un de Geiz

En Schwob geht in Stuttgart zum Friseur.
»Was koschd denn ein Haarschnitt?«
»Zehn Euro.«
»Und eine Rasur?«
»Sieben Euro.«
»Na, dann rasiered Se mr bitte den Schädel!«

Wie kriegt ma vier Schwobe in en Smart?
Ma schmeißt fünf Euro nei.

Un wie kriegt ma se ganz schnell widder naus? Ma sagt ei'fach, des sei e Taxi.

Überschrift in einer schwäbische Zeitung: Taxi stürzte in den Neckar. Es sind fünfzig Todesopfer zu beklagen.

En schwäbischer Gascht fragt de Ober:
»Warum hoißt denn des Essa, des i bstellt hann, Räuberspieß?«

»Das werdet Se scho merka, wenn i d'Rechnung bring!«

De Schwob un de Geiz

De Schwob un de Geiz

Was isch e schwäbischs Schorle? E halbs Glas Mineralwasser un e halbs Glas Leitungswasser!

Warum lassen sich die Schwobe nach em Tod nur bis zum Bauch ei'grabe? Damit se ihr Grab selber pflege könne!

En Schwob kommt in sei Stammkneip, sieht, dass er allei isch mit dem Barkeeper, un sagt: »So, jetzt schmeiß i a Lokalrunde!«

Wie lautet des Rezept für schwäbische Tomatesupp? Roter Deller un heißes Wasser.

En Schwob kriegt zum dritte Mol e Mahnung von seinere Versicherung für e scho längscht fällige Rechnung. Also schreibt er d'Versicherung: »Was erlaubet ihr ui eigentlich, mir emmer wieder Mahnonga zum schicka? Bei mir kommet älle

Rechnunga enna Schachtl nei ond am Johresend wered drei zoga ond zahlt, ond wenn ihr ui no amol dui Frechhoit erlaubet ond nomol a Mahnong schicket, noch send ihr bei dr diesjähriga Ziehong it drbei.«

Kommt en Schwob in d'Redaktion von ere Zeitung un sagt: »Wenn Sie weidrhin in ihrer Zeidung Schwobawitz druckad, dann isch es die längschde Zeit gwäa, dass i mir Ihr Zeidung ausleih!«

Warum bewohne d'Schwobe eigentlich Süddeutschland?

Weil se vor geraumer Zeit aus Schottland ausgebürgert wurde.

Kommt en Schwob zum Schneider un sagt: »I hätt gern en Azug mit zwanzig Tascha, bitte.«

»Um Gottes Willen, warum das denn?«, fragt de Schneider.

Do druff sagt de Schwob: »'s isch wäga dr Reinigung. In jede Tasch kommt oi paar Socka.«

De Schwob un de Geiz

En Schwob kommt mit einer Ampulle Blut zum Arzt, um es untersuche zu lasse. E Woch späder erfährt er des Ergebnis.

»Alles in Ordnung«, sagt de Arzt, »Sie sind vollkommen gesund.«

Fröhlich geht de Schwob haim un ruft seinere Frau zu: »Waltraud, weder du, noch i, weder d'Kender, no 's Bäsle hend irgendoi Krankheit!«

Anzeige in ere schwäbische Zeitung: »Gebrauchter Grabstein zu verkaufen. Ideal geeignet für jemanden namens Laible.«

»Mei Frau isch e waschechte Schwäbin«, prahlt de frisch verheiratete Mann. »Geschtern hat se des Wasser im Aquarium g'wechselt, und heut gibt's bei uns Fischsupp.«

En Schwob isch grad debei, in sei'm Wohnzimmer d'Tapete abzulöse. En Freund, der zu Bsuch kommt, fragt erstaunt: »Nanu, willsch nei dabeziera?«

»Noi, umzieha ...«

De Schwob un de Geiz

So endet de Brief eines schwäbische Vadders: »Wollte dir noch etwas Geld mitschicken, der Brief war aber schon zugeklebt.«

Woran erkennt ma e Schiff von de schwäbische Handelsmarine? Daran, dass kei Möwe hinnerherfliege.

Was macht en Schwob mit ere Adventskerze vor em Spiegel?

Er feiert de Zwaite Advent.

Shopping uff Schwäbisch: Mir kaufet nix, mir gucket bloß!

En schwäbischer Bauer überschlagt sei Ausgabe. Dann sagt er zu seinere Frau: »Es hilft nix, der Hofhund ischt zu teuer und muss weg. Ab morge muss i selber bella.«

De Schwob un de Geiz

Herr Laible wird uff de Stuttgarter Königstraße ag'sproche. »Sagen Sie mal, kenne ich Sie nicht irgendwoher?«

»Noi, ond außerdem send Ihre Forderungen scho längscht verjährt!«

In eme schwäbische Dorf patroulliert de Schutzmann un trifft uff e Liebespaar. Er fragt: »Was machet ihr denn do?«

»Mir machet e Kindle«, so die spontane Antwort des Mannes.

Do druff erwidert de Polizist: »Do hend ihr aber Glück ghabt! Sonscht hätt's nämlich zehn Euro Strof koschted!«

Warum reibt de Schwob obends sein Bauch am Kachelofen? Er wärmt sich sei Mittagessen uff.

Was isch de Unnerschied zwische schwäbischer Sparsamkeit un schwäbischem Geiz?

En sparsamer Schwob kauft nur eilagiges Klopapier, en geiziger benutzt es von beide Seite.

Wir sind neugierig ...

... was Sie von dem Buch halten, dem Sie diese Karte entnommen haben.

Titel des Buchs

Wie wurden Sie auf das Buch aufmerksam?

Bitte schreiben Sie uns ganz offen Ihre Meinung. Sie ist wichtig für unsere weitere Verlagsarbeit.

Der Silberburg-Verlag hat sich auf Baden-Württemberg spezialisiert. Haben Sie Ideen oder Vorschläge zu Buchthemen?

... Sie auch?

Tragen Sie einfach umseitig Ihre Anschrift ein. Gerne senden wir Ihnen dann Informationen zu unseren Neuerscheinungen.

Im Silberburg-Verlag erscheint »**Schönes Schwaben**« – die farbige Monatszeitschrift zu Kultur, Geschichte, Landeskunde. Informativ und unterhaltsam, aktuell und zeitlos. Mit traumhaft schönen Fotos und interessanten Artikeln von kompetenten Autoren. Sollen wir Ihnen einmalig ein kostenloses Probeheft senden?

☐ Ja ☐ Nein

Absender (bitte gut lesbar schreiben):

Name

Straße

PLZ Ort

E-Mail

Beruf Alter

Für Silberburg-Bücher interessiert sich auch:

Bitte als
Postkarte
frankieren

Deutsche Post
ANTWORT

Silberburg-Verlag GmbH
Schönbuchstraße 48
D-72074 Tübingen

De Schwob un de Geiz

De Schwob sagt zu sei'm Sohn: »Es ischt kalt in dr Wohnung. Geh doch mol zum Kohlehändler und schtreck dem d'Zong raus, vielleicht schmeißt er dir oi oder zwoi Brikettle noch!«

De Walter will e Telegramm heimschicke un fragt: »Dr Name koschded nix, stimmt's?«

Die Frau vom Amt nickt.

Do druff sagt de Walter: »Wisset Sie, i ben a Indianer und heiße: Ankommemorgenabendhalbneun!«

Uff em Münchner Oktoberfest findet sich e Grupp von Menschen aus alle Regione Deutschlands zamme, die übber mehrere Tag in beschter Laune feiert. Des wolle se im nächschte Johr widderhole. De Bayer verschprecht, zu diesem Treffe e Fass beschtes Weißbier zu spendiere, de Weschtfale will de beschte westfälische Schinke mitbringe, de Rheinländer erlesenen Rheinwein, de Norddeutsche Lübecker Marzipan – auch alle annere verschpreche, e Spezialität aus ihrer jeweilige Region beizusteuere. Nur de Schwob lächelt un bleibt stumm. Auf die Frag der annere, was er mitbringen will, sagt er trocken: »Mei ganze Familie«.

De Schwob un de Geiz

En Schwob kommt in de Second-Hand-Laden un verlangt e Roll Klopapier.

Sitzen zwai Schwobe in de Sauna. Do sagt de eine zum annere: »Worom hosch du so an dicka Backa?«

»Moinsch, i lass mr mai Soif klaua!«

Zwai Schwobe sitze längere Zeit in einem Café.

»Du, Horscht«, sagt de eine, »do drübe sitzt e Frau, die flirtet ganz eindeutig mit dir!«

De annere nickt un sagt: »I han's g'merkt, aber i wart, bis se zahlt hat!«

En Schwob kommt in e Bestattungsinstitut, weil er sei verstorbene Großmudder beerdige muss. Er lasst sich Särg für 2000 Euro, 1000 Euro un au für 500 Euro zeige, aber alle sin ihm zu teuer.

Do fragt ihn de Verkäufer: »Wieviel wollen Sie denn eigentlich ausgeben?«

»I han denkt, so hundert Euro rum.«

»Dann bringen Sie doch die Großmutter her und wir machen vier Griffe dran!«

De Schwob un de Geiz

De Bauer Pfisterer sitzt im G'fängnis. Sei Frau schreibt ihm, dass vor dem Kartoffelpflanze des Feld umgegrabe werre muss, die Arbeit isch ihr abber zu hart.

Do schreibt de Bauer zrück: »Mach bloß nix uf dem Feld! Do hab i doch die Beute verschteckt!«

Nach einer Woch besucht ihn dann sei Frau un berichtet: »Die Polizei hot dein Brief g'lese g'hett und hot da ganze Acker durchwühlt, aber nix g'fonde!«

Do sagt de Bauer: »So, jetzt kannsch Kartoffle pflanza!«

De Helmut un de Harald sin im Gebirge zum Klettern. Uff aimol löst sich en Felse, un de Harald stürzt ab. Er kann sich grad noch an eim Felsvorsprung feschthalte. De Helmut ruft: »Wart, i renn schnell ins Dorf un hol a Seil!«

Nach ainer Stund kommt er widder.

»Bischt endlich do?«, sagt der Harald.

»Ja«, stöhnt der Helmut. »Kannscht dich no halte?«

»Nimme lang! Werf des Seil ronter!

»Oh, der Kaufmann do im Dorf ischt ein Verbrecher, ein Mörder!«

»Warum denn des? I leb ja no! Aber bloß, wenn du mir bald des Seil ronterwirfscht!«

»Des isches jo! Der Kerle hot zwanzig Euro drfür welle! Do han i's natürlich net g'nomme!«

De Schwob un de Geiz

»Stell dr vor«, erzählt en Schwob sei'm Kumpel, »gestern isch doch tatsächlich unser Fußballclub aufglöst worde, dabei besteht er seit fascht dreißig Jahr.«

»Worom, hat's Ärger gebe?«, will de anner wissen.

»Eigentlich net. Mir hend bloß unseren Ball verlore.«

En reicher Schwob stirbt un kommt zum Himmelstor. De heilige Petrus fragt ihn, ob er denn in sei'm Leben einmal was Gudes getan hat. De Schwob sagt ganz eifrig: »Oimol han i fürs Rote Kreuz zehn Euro gspendet, ond oimal fünf Euro für ...«

Petrus unterbricht ihn un wendet sich ärgerlich an den dienschthabende Engel: »Gib ihm die 15 Euro zurück und dann schick ihn zum Teufel!«

»Was koschtet die Fahrt zum Hauptbahnhof?«, fragt en Schwob de Taxichauffeur.

»Fünf Euro«, sagt der Fahrer.

»Und 's Gepäck?«

»Das ist natürlich frei.«

»In Ordnung«, sagt de Schwob, »dann fahret Se scho mol los mit em Gepäck. I komm dann zu Fuß nach.«

De Schwob un de Geiz

En schwäbischer Bauer sagt zu ei'm annere: »Mir wird ab jetzat koi Tier meh klaut. I hab nämlich a Schloss mit Zahlacode an mei'm Saustall. Alle Ziffern sind Fünfer, aber i sag dr it, in welchre Reihefolg.«

De Pfleiderer isch todkrank. Sein Arzt sagt zu ihm: »Nur eine hochkomplizierte Operation kann Ihnen noch helfen. Die Operation kostet aber 8 000 Euro!«

Daraufhin meint de Pfleiderer nur: »Do hat mir 's Beerdigungsinstitut aber e preiswerters Angebot g'macht!«

En Schwob kommt mal mit seiner Frau an aim Wurschtstand vorbei.

»Oh, wie des duftet!«, sagt d'Frau.

»Ja, wenn d'willsch, gehet mir auf em Rückweg noch amol dra vorbei!«

Was macht en Schwob mit ainer Mugg, die in sei Bierglas g'falle isch? Er holt se raus un schreit: »Ausspucke! Aber älles!«

De Schwob un de Geiz

Zwai Schwobe treffet sich uff d'Strooß. Fragt de eine: »Was macht dein Studium?«

»I han aufhöre müssa. Mein Vadder hat e kaputte Uhr, und jetzt muss i Uhramacher werde!«

En Schwob kommt zum Zahnarzt.

»Furchtbar!«, sagt de Arzt, »Ihre Zunge ist ja ganz schwarz!«

Meint de Schwob: »Des kommt vom Whisky!«

»Aber Whisky ist doch nicht schwarz!«

»Des net, aber i wollt a volle Flasch Whisky heimtraga, und die isch mr aus dr Hand g'rutscht und verbrocha!«

»Und warum ist deshalb Ihre Zunge schwarz?«

»Na, weil d'Stroß frisch teert g'wäh isch!«

Manfred Häfele leidet an Magenschmerzen. Ma empfiehlt ihm en Mann, der durch Suggeschtion heilt. Der sieht im dief in d'Auge un befiehlt: »Sie sind geheilt! Sagen Sie, dass Sie geheilt sind.«

»I bin geheilt!«, ruft de Häfele erleichtert.

»Sehr gut. Das macht zehn Euro!«

De Häfele sieht dem Heiler tief in d'Auge un beschwört ihn: »Sie sind bezahlt! Sagen Sie, dass Sie bezahlt sind!«

De Schwob un die leibliche Genüsse

De Schwob un die leibliche Genüsse

»Manfred, warum siehscht du denn so traurig aus?«

»Mei Frau will mich verlasse, wenn i's Trinke net aufgeb.«

»Und?«

»I werd se scho arg vermisse ...«

De Helmut kommt in de Himmel. Von Petrus erfährt er, dass mer für jeden Seitesprung en Nadelstich kriegt.

Nachdem er sei drei Nadelstich erhalte hat, fragt er de Petrus: »Wo ischt denn jetz au mei Frau, die ischt doch scho vor vier Jahr g'storbe?«

»Die liegt noch immer unter der Nähmaschine!«

Kirch un Frühschoppe sin vorbei. D'Frau empfangt ihren Mann dehaim: »Bauer, d'Leut saget, du hättescht ebbes mit dr Zenzi, onsrer Magd.«

»Desch mei Sach.«

»D'Leut saget aber au, d'Zenzi krieag a Kend von dir.«

»Desch ihr Sach.«

»No gang i ens Wasser ond breng me om!«

»Desch dei Sach.«

De Schwob un die leibliche Genüsse

Warum hat en Schwob immer e leere Weiflasche im Kühlschrank? Es könnt jo aimol jemand komme, der kain Durscht hat.

De Mann beschwert sich bei seinere Frau, dass de Kartoffelsalat furztrocke sei. Do druff sagt die Frau: »Wärscht vor ere halbe Stond komme, do war er no soichnass.«

Eugen Scheifele hat e Problem. Er ruft sei Frau: »Weib, dr Poschtbote brüschtet sich damit, dass er mit jedere Frau in eiserm Haus g'schlofe häb, bis auf oine.«

»Oje«, sagt sei Frau, »des wird die Schmidt im dritte Schtock sei!«

Der ins Schwäbische gezogene Thorschten sagt zu Herrn Laible: »Ich möchte Sie um die Hand ihrer Tochter bitten!«

»Kommt net in Frag! Entweder nehmet Se älles oder gar nix!«

De Schwob un die leibliche Genüsse

En Schwob beschtellt sich in de Wirtschaft ein Viertele. Er setzt zum Drinke a, stellt sei Glas abber unverrichteter Dinge widder ab. Des wiederholt sich drei Mol. En Stammgast sieht des un fragt de Schwob, wieso er denn net drinkt.

Der antwortet: »Wisset Se, i trink gern a Viertele, aber jedsmol wenn i trinke will, lauft mir s Wasser in dr Gosch zamm, und i mog doch koi Schorle.«

Treffe sich zwai Schwäbinnen in de Stadt. Sagt die eind: »Du, i hab vorhin dein Mo ins Blumegschäft gehe sehe!«

Do druff entgegnet die annere: »O je! Dann muss i heit Obend wieder die Beine breit mache!«

»Wieso, habt ihr dahoim koi Vas?«

Es war scho heller Tag, als Günther mit ei'm ziemliche Rausch ins eheliche Schlofzimmer wankt. Do sagt sei Gertrud: »Was, du wagsch di morgens om halb achte mit soma Rausch zom hoimkomma? An aschdändiger Ma duat so ebbes edda!«.

»Do muasch ja saufa«, wehrt er sich, »wenn da a Weib hosch, wo morgens om halb achte no em Nescht liegt!«

De Schwob un die leibliche Genüsse

De Schwob un die leibliche Genüsse

In einer voll besetzten Gemeindehall entdeckt en Mann gesetzten Alters sein alte Freund, der uff de Empore hockt. Mit de Händ formt er en Schalltrichter vor'em Mund un schreit nach obbe: »He Karle, bischd au do? I han letscht Woch bei dir drhoim ogruafe, aber du warscht scheints net do. Warscht verreist?«

Von obbe kommt: »Jo!«

Von unne: »Wo warscht no?«

»Ko i et saga vor älle Leit«, tönt es von obbe zrück.

»No gib mr halt a Schtichwort«, schreit er von unten.

Er von obbe: »Puff!«

Bei de Beicht sagt de Sepp: »Herr Pfarrer, i han Ehebruch begange!«

»Wie oft denn, mein Sohn?«

»I will beichte, net ogebe!«

Bei de Hochzeitsfeier sagt de Schwiegervadder zum Bräutigam: »Jetzt, wo du mei Tochter g'heirat hascht, hoff i aber, dass du koine Dummheite mehr maschst!«

»Brauchsch koi Angst habe, des war mei letschte!«

De Schwob un die leibliche Genüsse

Nach de Geburtstagsfeier sagt d'schwäbische Ehefrau zu ihrem Mann: »Du hascht mol wieder so en Blödsinn g'schwätzt! Hoffentlich hat koiner g'merkt, dass du nüchtern warscht!«

E Pärle liegt im Bett, als plötzlich des Telefon klingelt.

Sie nimmt de Hörer ab un sagt: »Isch in Ordnung, ade.«

»Wer war denn des?«, fragt de Liebhaber.

»Des war mei Ma. Er hot g'sait, er käm später, weil er mit dir no a Viertele trenka dät.«

Sie: »Du Schatz, i muaß dir gesteha, dass i völlig farbablend ben.«

Er: »Des macht nix. I muaß dir au ebbes gesteha: I bin gar net von Cannstatt, sondern von Kamerun.«

Beim Spaziergang sagt die schwäbische Ehefrau zu ihrem Mann: »Gugg emol, wie schö blau dr Himmel isch!«

»Der hat jo au koi Frau, die do was drgega hot!«

De Schwob un die leibliche Genüsse

Zwai Schwobe sitze in eme Lokal un trinke Württemberger Wein. Uff aimol lallt de eine: »I muass aufhöre! I seh jo scho älles doppelt!«

Do zieht de annere en Zehn-Euro-Schein aus de Tasch un sagt zu ihm: »Hier send die zwanzig Euro zruck, die du mir g'liehe hasch!«

Im Flugzeug nach New York. De Schwob Herbert sitzt nebbe einer hübsche Frau.

Er spricht se a: »Darf e froga, was Sie beruflich machad?«

Sie erwidert: »Ich bin Forscherin. Wir ermitteln die potentesten Volksgruppen. Vorne liegen die Indianer und die Schwaben.«

Er: »Oh, i han vergessa, mi vorzustelle: Winnetou Häberle.«

Zwai äldere Schwobe sitze nach ei'm gude Abendesse bei ei'm Glas Wein zamme. Do fragt de aind Schwob: »Auf was würdescht du verzichte, wenn du die Wahl hättescht? Auf Wein, Weib oder Gesang?«

De annere antwortet: »Des hängt ganz vom Jahrgang ab!«

De Schwob un die leibliche Genüsse

En Schwob, en Sachse un en Bayer gehe in en Nachtclub. Als e Tänzerin vor ihne tanzt, packt de Bayer en Hunnert-Euro-Schei aus, leckt en ab un klebt en de Tänzerin uff'd linke Arschback. De Sachse sieht des un packt au en Hunnert-Euro-Schein aus, leckt en ab un klebt ihn de Tänzerin uff'd rechte Arschbacke. Jetzt bemerkt es de Schwob, zieht e Kreditkart aus de Tasch, zieht se durch de Schlitz un hebt 200 Euro ab.

En Dialog zwische zwai schwäbische Freundinne:

»Und, du kennscht den Vater von dei'm Kendle wirklich net?«

»Noi, i bin zwar verdorbe, aber neugierig war i noch nie!«

E alde Jungfer geht in Stuttgart zum Steinmetz un will sich en Grabstai aussuche.

Sie sagt zu ihm: »Meißeln Sie bitte ein: ›Geboren als Jungfrau, gelebt als Jungfrau, gestorben als Jungfrau.‹«

Do erwidert de Steinmetz: »Des könnet Se billiger kriega! Schreibet Se oifach: ›Ungeöffnet zurück!‹«

De Schwob un die leibliche Genüsse

De Walder sagt zur Uschi: »Du, Uschi, i will doch nur dei Beschtes!«

Do sagt'd Uschi: »Des woiß i ja, aber des kriegsch erscht nach dr Hochzeit!«

De Walter sagt zum Fritz: »Fritz, sei mir net bös, aber mit deinere neue Freundin kann ich nix anfange! Die hat doch nix im Oberstüble!«

Do sagt de Fritz: »Des net, aber dafür hat se e fantastisches Treppehaus!«

Manfred sagt zu seinere Frau: »'s tut mir leid, dass i geschtern so betrunke ond mit eme blaue Aug hoimkomme bin.«

»Ach, des macht nix! Betronke warscht wirklich, des blaue Aug ischt ersch nachher dezukomme ...«

De Hausarzt fragt de Helmut: »Wie viel Wein trinket Sie denn so am Tag?«

»Fünf bis sechs Liter Württaberger. Es gibt allerdings au Däg, do ko i mi oifach net beherrsche!«

De Schwob un die leibliche Genüsse

De Schwob un die leibliche Genüsse

De Chef überrascht sein Mitarbeiter, wie der grad d'Sekretärin küsst.

Er schreit: »Dafür werdet Se aber net bezahlt!«

De Mitarbeitet entgegnet: »Koi Sorg, des mach i ganz umsonscht!«

E Ehepaar geht am Samstag übber de Markt. Die Frau schaut an ei'm Stand uff des Preisschild un schimpft de Verkäufer: »Sauteuer dia Grombiera, ond ganz hoorige Denger!«

Der antwortet: »Das sind keine Kartoffeln, sondern Kiwi aus Neuseeland, die muss man einführen!«

Ihr Gatte schüttelt de Kopf: »Siehsch, dia muass ma eiführa, ond du domme Kuah willsch se fressa.«

En Bayer kommt ins Hofbräuhaus un b'stellt sich e Maß Bier un en Radi.

Er trinkt sei Bier un will sein Radi salze, doch aus em Salzstreuer kommt nix raus. Also esst er sein Radi so, bezahlt un geht.

Des Gleiche passiert dem nächschde Bayern.

Do kommt en Schwob un bstellt sich ebefalls e Maß Bier un en Radi. Auch er nemmt de Salzstreuer

un will sein Radi salze, doch de Salzstreuer isch verstopft. Do nimmt de Schwob en Zahnstocher un macht d'Löcher widder frei.
En Ur-Bayer, der des g'sehe hat, sagt: »Ja, ja, die Schwaben sann Verreckling, aber technisch sanns uns haushoch überlegen!«

De Lehrer fragt, ob denn einer von de Schüler jemanden kennt, der Angscht hat. Do meldet sich d' kleine Nadja eifrig. »Mei Baba, Herr Lehrer – der hot nachts Angscht, alloi zom sai.«

»Aha«, fragt de Lehrer zrück, »ond wann hoschd du des g'merkt?«

»Ha, weil er emmer bei dr Nochbere schloft, wenn mai Mama amol net drhoim ischd!«

En schwäbischer Landwirt kommt mit ei'm Schaf im Arm ins Schlofzimmer, in dem sei Frau im Bett liegt, un sagt: »Do guck, mit der Zieg hann i dich des ganze letzschte Johr betroga!«

»Du alter Simpel!«, ruft sei Frau, »des ischt doch gar koi Zieg! Des ischt doch e Schäfle!«

Do druff sagt de Bauer: »I schwätz jo au gar net mit dir!«

En schwäbischer Bauer liegt im Sterbe. Plötzlich erwacht er vom köschtliche Duft von oim Sauerbraten aus sei'm Todesschlaf.

»Aaach Weib«, stöhnt er, »bitte sei so guad ond gib mir ebbes von dem Broada, eh dass i sterb!«

»Nix do!«, sagt die Bimserbäuerin, »dr Broada isch für d'Beerdigong!«

Drei Ölbohrer arbeite allein wochelang in de Wüscht. Obends komme se ins Träumen. De Amerikaner sagt: »Wenn ich zurückkomme nach Arizona, trinke ich jeden Abend Gin und schaue Fernsehen.«

De Franzose sagt: »Wenn ich nach Paris zurückkomme, verwöhne ich zuerst eine attraktive Frau. Ich drücke dann ihre Brüste zusammen und trinke aus der Kuhle Champagner.«

Do fragt de Schwob: »Goht des au mit Moscht?«

De Schwob Helmut Pfleiderer kommt in e Apothek.

»I hätt gern a bissle Arsen!«

»Haben Sie auch ein Rezept dafür?«, fragt de Apotheker.

»Des net, aber e Bild von meinere Alde!«

De Schwob un die leibliche Genüsse

En Schwob steht am Trese von ere Hotelbar. Als er sich umdreht, stoßt er versehentlich mit sei'm Ellebogen an d'Brust von einer hinner ihm stehende Frau.

»Des tut mir leid, gnädige Frau. Aber wenn Ihr Herz so woich isch wie Ihr Brischdle, wärdet Sie mir gwiaß verzeiha.«

»Des macht nix«, antwortet die schwäbische Frau. »Aber wenn Ihr Schwänzle so hart isch wie Ihr Ellaboga, dann hann i Zimmer 354.«

Nach ainer Liebesnacht verabschiedet sich e schwäbischs Pärle uff em Suttgarter Hauptbahnhof. Die Frau sagt: »Scheide tuad weh!«

De Mann antwortet do druff: »'s Schwänzle au!«

E älderes schwäbisches Ehepaar steht zu später Abendstund uff em Balkon. Unne im Gebüsch sehe se de Nachbarsbu un e jungs Mädle rummache.

Do sagt die Frau: »Dr Eugen, so a neddr Kerle. Wenn der bloß koi Dommheit macht. Karle, pfeif em doch emal.«

Sagt de Gatte: »Des fällt mir it im Draum ei. Bei mir hot sellmol au koinr pfiffa!«

Kurz un gut

Was isch de Unnerschied zwische Schwobe un Terroriste?

Terroriste habbe Sympathisante!

Des Wort »Handy« hat übrigens en Schwob erfunde.

Als er so e Ding zum erschte Mol g'sehe hat, do hat er g'fragt: »Hänn die koi Schnur?«

Warum baue d'Schwobe ihre Schule uff em Berg?

Damit auch sie uff d'höhere Schule könne.

»Herr Doktor, könnet Se die Medizin für mein Mann net als Tropfe verschreibe? Bei dene Zäpfle klebet ihm immer die Zähn zamme!«

Was isch de Unnerschied zwische ei'm Schwob un ei'm Außerirdische?

De Außerirdische versteht ma!

Kurz un gut

Was isch uff Schwäbisch e kleins Schwein, des um Hilfe ruft?

E Notrufsäule.

Was isch e Perpetuum mobile?

Des isch en Schwob, der ei'm Schotte hinterherrennt, der ihm 10 Cent schuldet.

Was sagt en Schwob, wenn ihn sei Frau im schwarze Negligé abends überrascht?

»Um Gottes Willa, isch ebbes mit dr Oma?«

Orgasmus uff Schwäbisch:

Sodele.

Wie laute die drei Wörter eines schwäbischen Bräutigams in de Hochzeitsnacht?

Ja – hoppla – etza.

Wie fange schwäbische Kochrezepte a?
Man leihe sich en Topf …

Was kommt dabei raus, wenn ma en Schwob mit ei'm Affe kreuzt?
Noch en Schwob!

Wer hat de letschte schwäbische Schönheitswettbewerb g'wonne?
Niemand.

Wie nennt ma im Schwäbische en attraktiven Mann?
Tourischt!

Schwäbischs Lebensmotto: Schaffe, schaffe, Häusle baue, Katz verkaufe, selber mause, Hund verkaufe, selber belle.

Kurz un gut

BADISCHE BURGER-BUDE
Oh noi, d'r Hans isch jetzt an Hamburger!
Ond i han denkt, er wollt noch Stuegert ziehe!

Wie versenkt ma e schwäbischs U-Boot?
Aklopfe!

Wie entstand de Grand Canyon?
En Schwob hatte e Pfennigstück verloren ...

Was sin die gröschde Plage der Menschheit?
Cholera, Lepra un Vo-dr-Alb-ra.

Warum hat Nero Rom niedergebrannt?
Weil es Stuttgart damals noch nicht gab!

Des erschde Wort, des e Schwobebaby spreche kann:
Bausparvertrag!

Was isch de kürzeschte Schwobewitz?
VfB!

Wie g'wöhnt ma einer Schwäbin de Sex ab?
Indem man se heiratet.

Schwäbisches Ehepaar uff de Autobahn:
»Babba brems, hinter uns isch a Schtau!«

Schwäbisches Lebensmotto: Solang bei de Eltra wohna, bis ma bei de Kender eiziaha ko.